하루 한 편
명시 필사

문해력, 어휘력을 키우는 좋은 습관

하루 한 편
명시 필사

유태진 엮음

손으로 쓰고 마음으로 돌아보는 힐링의 시간

봄

윤동주

봄이 혈관 속에 시내처럼 흘러
돌 돌 시내 가차운 언덕에

개나리 진달래 노오란 배추꽃
삼동을 참아 온 나는
풀포기처럼 피어난다

즐거운 종달새야
어느 이랑에서나 즐거웁게 솟처라

푸르른 하늘은
아른아른 높기도 한데

아아 젊음은 오래 거기 남아 있거라

F에게

에드거 앨런 포

사랑을 원하나요? 그렇다면
지금 오솔길로 걸어가세요

있는 그대로의 당신 모습으로
당신 아닌 다른 누구도 되려 하지 말고

그러면 당신의 아름다움에
세상 사람들이 뜨거운 사랑을 보낼 테니

그리고 사랑은 마치 운명처럼 다가오리니

꽃이 하고픈 말

하인리히 하이네

새벽녘 숲에서 꺾은 제비꽃
이른 아침 그대에게 보내드리리

황혼 무렵 꺾은 장미꽃도
저녁에 그대에게 갖다 드리리

그대는 아는가
낮에는 진실하고
밤에는 사랑해 달라는

그 예쁜 꽃들이 하고픈 말을

사랑의 비밀

윌리엄 블레이크

그대 사랑을 말하지 말아요
사랑은 말할 수 없는 것
어디서 불어오는지 모르는
보이지 않는 바람 같은 것

하지만 난 사랑을 고백한 적 있었지
진심으로 그녀를 사랑한다고
내 마음 전부를 보여주었지
그러나 그녀는 떠나고 말았다네

그녀가 떠난 후 얼마 안 되어
한 나그네가 다가오더니
그녀를 데려갔노라고
한숨만 지을 뿐 말이 없었다네

네 뺨을 내 뺨에

하인리히 하이네

네 뺨을 내 뺨에 대면
우리 둘의 눈물이 하나 되어 흐르리

네 가슴을 내 가슴에 대면
불꽃이 하나 되어 타오르리

흘러나온 눈물이 강물이 되어
타오르는 불꽃 속으로 흘러든다면
네 몸을 힘차게 안아본다면

그리움과 사랑에 나는 죽고 말리라

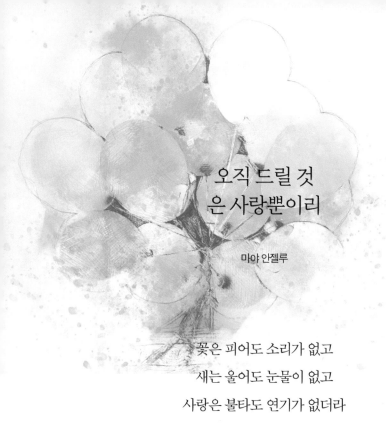

오직 드릴 것
은 사랑뿐이리

마야 안젤루

꽃은 피어도 소리가 없고

새는 울어도 눈물이 없고

사랑은 불타도 연기가 없더라

장미가 좋아서 꺾었더니 가시가 있고

친구가 좋아서 사귀었더니 이별이 있고

세상이 좋아서 태어났더니 죽음이 있더라

나 시인이라면 그대에게 한 편의 시를 드리겠지만

나 목동이라면 그대에게 한 잔의 우유를 드리겠지만

나 가진 것 없는 가난한 자이기에 오직 드릴 것은 사랑뿐이리

편지

헤르만 헤세

서쪽에서 바람이 불어옵니다
보리수나무 거칠게 출렁대며
나뭇가지 사이로 달님이
내 방 속을 엿보고 있습니다

나를 버리고 떠난
사랑하는 연인에게
긴 편지를 썼습니다
달님이 편지 위를 비쳐 줍니다

부드럽고 고요한 달빛이
글자 위를 스쳐갈 때
내 마음 너무 슬퍼서
잠도 달님도 저녁 기도도 잊고 맙니다

못 잊어

김소월

못 잊어 생각이 나겠지요
그런대로 한세상 지내시구려
사노라면 잊힐 날 있으리다

못 잊어 생각이 나겠지요
그런대로 세월만 가라시구려
못 잊어도 더러는 잊히오리다

그러나 또 한긋 이렇지요
그리워 살뜰히 못 잊는데
어쩌면 생각이 떠지나요?

기억해줘요

날 기억해줘요
나 가고 없을 때
머나먼 침묵의 나라로 나 영영 가버렸을 때

당신이 더 이상 내 손을 잡지 못하고
나 되돌아가려다 다시 돌아서 버리는 그때에

날 기억해줘요

당신이 짜냈던 우리들 앞날의 계획을
날마다 나한테 이야기할 수 없게 될 때에

날 기억해주기만 해요

서시

윤동주

죽는 날까지 하늘을 우러러
한 점 부끄럼이 없기를

잎새에 이는 바람에도
나는 괴로워했다
별을 노래하는 마음으로
모든 죽어가는 것을 사랑해야지

그리고 나한테 주어진 길을
걸어가야겠다

오늘 밤에도 별이 바람에 스치운다

아름다운 사람

헤르만 헤세

장난감을 받고서
그걸 바라보고 얼싸안고서
기어이 부숴버리는
다음날엔 벌써 그걸 준 사람조차
잊고 마는 아이들같이

당신은
내가 드린 내 마음을
고운 장난감 같이 조그만 손으로 장난을 하고
내 마음이 고뇌에 떠는 것을 돌보지 않는다

희망은 날개 달린 것

에밀리 디킨슨

희망은 날개 달린 것
영혼의 횃대 위를 날아다니지
말없이 노래 부르며
결코 멈추는 법 없이

드센 바람 속에서도 가장 감미로운 그 노래를
허나 폭풍은 쓰라리게 마련
그 작은 새는 수많은 이들을
따뜻하게 지켜주리니

가장 차가운 땅에서도
낯선 바다에서도 난 그 소리를 들었지
하지만 궁지에 빠져도
희망은 나를 조금도 보채지 않네

너의 그 말 한마디에

하인리히 하이네

너의 해맑은 눈을 들여다보면
나의 온갖 고뇌가 사라져 버린다
너의 고운 입술에 입 맞추면
나의 정신이 말끔히 되살아난다

따스한 너의 가슴에 몸을 기대면
마치 천국에 온 것 같은 기분
"당신을 사랑해요"
너의 그 말 한마디에
한없이 한없이
눈물이 흘러내린다

사랑하는 까닭

한용운

내가 당신을 사랑하는 것은
까닭이 없는 것은 아닙니다
다른 사람들은 나의 홍안만을 사랑하지만은
당신은 나의 백발도 사랑하는 까닭입니다

내가 당신을 그리워하는 것은
까닭이 없는 것은 아닙니다
다른 사람들은 나의 미소만을 사랑하지만은
당신은 나의 눈물도 사랑하는 까닭입니다

내가 당신을 사랑하는 것은
까닭이 없는 것은 아닙니다
다른 사람들은 나의 건강만을 사랑하지만은
당신은 나의 죽음도 사랑하는 까닭입니다

사랑한 뒤에

아르튀르 랭보

이제 헤어지다니 이제 헤어져
다시 만날 수 없게 되다니
영원한 이별이라니 나와 그대
기쁨으로, 또한 고통으로

이제 우리가 사랑해선 안 된다면
만난다는 것은 너무도, 너무도 괴로운 일
이전에는 만나면 그저 즐거웠는데
그것도 이제는 이미 지나간 일

내 나이 스물 하고 하나였을 때

A. E. 하우스먼

내 나이 스물 하고 하나였을 때
어느 현명한 사람이 내게 말했습니다

크라운 파운드 기니는 다 주어도
네 마음만은 주지 말거라

진주와 루비는 모두 주어도
네 자유로움만은 잃지 말아라

하지만 내 나이 스물 하고 하나였으니
나는 귀담아듣지 않았습니다

다시 그가 내게 말했습니다
마음에서 우러난 사랑은

늘 대가를 치르는 법
그 사랑은 넘치는 한숨과
끝없는 후회 속에서 얻어진단다

지금 내 나이 스물 하고 둘
아 그것이 진리인 줄을 알게 되었습니다

모든 것을 사랑에 걸어라

잘랄루딘 루미

그대 진정 사람이라면
모든 것을 사랑에 걸어라

아니거든 이 무리를
떠나라

반쪽 마음 가지고는
신전에 들지 못한다

신을 찾겠다고 나선 몸이
언제까지 지저분한 주막에 머물러
그렇게 노닥거리고 있을 참인가

사랑

장 콕토

사랑한다는 것
그것은 바로 사랑받는다는 것이니

한 존재로 불안에 떨게 하는 것
언젠가는 상대방에게 가장 소중한

존재가 될 수 없다는 그것이
바로 우리의 고민이다

사랑하는 사람이여

헨리 워즈워스 롱펠로

사랑하는 사람이여, 편히 쉬세요
그대를 지키러 나 여기에 왔습니다
그대 곁이라면
그대 곁이라면
혼자 있어도 나는 기쁩니다

그대 눈동자는 아침의 샛별
그대 입술은 한 송이 빨간 꽃
사랑하는 사람이여 편히 쉬세요
내가 싫어하는 시계가
시간을 헤아리고 있는 동안에

꿈밭에 봄 마음

김영랑

굽이진 돌담을 돌아서 돌아서

달이 흐른다 놀이 흐른다

하이얀 그림자

은실을 즈르르 몰아서

꿈밭에 봄 마음 가고 가고 또 간다

하루밖에 살 수 없다면

울리히 샤퍼

하루는 한 생애의 축소판
아침에 눈을 뜨면
하나의 생애가 시작되고
피로한 몸을 뉘여 잠자리에 들면
또 하나의 생애가 끝납니다
만일 우리가 단 하루밖에 살 수 없다면

나는 당신에게
투정부리지 않을 겁니다
하루밖에 살 수 없다면
당신에게 좀 더 부드럽게 대할 겁니다
아무리 힘든 일이 있어도
불평하지 않을 겁니다
하루밖에 살 수 없다면
더 열심히 당신을 사랑할 겁니다
아무도 미워하지 않고
모두 사랑만 하겠습니다

그러나 정말 하루밖에 살 수 없다면

나는 당신만을 사랑하지 않을 겁니다

죽어서도 버리지 못할 그리움

그 엄청난 고통이 두려워

당신의 등 뒤에서

그저 울고만 있을 겁니다

바보처럼

그대여 사랑해주지 않으시렵니까

엘리자베스 브라우닝

그대여 사랑해주지 않으시렵니까

그대의 사랑이 지속되는 한
언제까지나 기다리고 있겠습니다

가슴에 꽂아놓은 그대의 꽃은
6월에 꽃을 피운 4월의 씨앗이랍니다

손에 들고 있던 씨앗을 뿌렸습니다
하나둘 싹이 트고 꽃이 피는 것은
사랑이라는 것

아니 사랑과 비슷한 것
당신은 결코 버리지 않을 것이라고 믿었습니다

좀 더 자주, 좀 더 자주

베스 페이건 퀸

오늘을 시작하며
좀 더 자주 그대를 포옹하고
좀 더 자주 그대를 키스하고
좀 더 자주 그대를 어루만지고
좀 더 자주 그대와 얘기를 나누겠다고 다짐해요

오늘을 시작하며
무엇보다도 제일 먼저
좀 더 자주 그대에게 고백할래요
내가 얼마나 그대를 사랑하는지

사랑

존 드라이든

아 사랑은 얼마나 감미로운가
아 젊은 욕망은 얼마나 즐거운가
처음 사랑의 불에 다가서면
즐거운 아픔을 느낀다
사랑의 아픔은 모든 다른
기쁨보다 훨씬 감미롭다

애인들이 내쉬는 한숨은
조용히 가슴을 부풀게 한다
홀로 흘리는 눈물도
흐르는 향유처럼
그 아픔을 낫게 한다

숨결 잃은 애인들도 아무 괴로움
못 느끼며 피 흘리며 죽는다
사랑과 시간을 아껴 쓰라

진달래꽃

김소월

나 보기가 역겨워

가실 때에는

말없이 고이 보내 드리오리다

영변에 약산

진달래꽃

아름 따다 가실 길에 뿌리오리다

가시는 걸음걸음

놓인 그 꽃을

사뿐히 즈려밟고 가시옵소서

나 보기가 역겨워

가실 때에는

죽어도 아니 눈물 흘리오리다

순수를 꿈꾸며

윌리엄 블레이크

한 알의 모래 속에서 세계를 보고
한 송이 들꽃 속에서 천국을 본다
손바닥 안에 무한을 거머쥐고
순간 속에서 영원을 붙잡는다

오늘만큼은 기분 좋게 살자

시빌 F. 패트리지

남에게 상냥한 미소를 짓고
어울리는 복장으로 조용히 이야기하며
예절 바르게 행동하고
아낌없이 남을 칭찬하자

오늘만큼은
이 하루가 보람되도록 하자

인생의 모든 문제는
한꺼번에 해결되지 않는다
하루가 인생의 시작인 것 같은 기분으로
오늘을 보내자

사랑하도록 하자
사랑하는 사람이

나를 사랑한다는 믿음을 의심하지 말자

선물

사라 티즈데일

나는 첫사랑에게 선물을 주었고
둘째 사랑에게는 눈물을 주었다

셋째 사랑에게는 아주 오랫동안
깊고 깊은 침묵을 선물하였다

내게 첫사랑은 노래를 주었고
내게 둘째 사랑은 눈을 주었다

오, 그러나 나의 셋째 사랑은
내게 나의 영혼을 선물하였다

당신을 사랑하기에

헤르만 헤세

당신을 사랑하기에 밤에 나는
그토록 설레며 당신께 가서 속삭였지요

당신이 나를 영원히 잊지 못하도록
당신의 마음을 따 왔었지요

당신 마음은 나와 함께 있으니
좋든 싫든 오로지 내 것이랍니다

설레며 불타오르는 내 사랑에서
어떤 천사라도 그대를 앗아가진 못해요

사랑에 빠질수록 혼자가 되어라

라이너 마리아 릴케

사랑에 빠진 사람은
혼자 지내는 데 익숙해야 하네
사랑이라고 불리는 그것
두 사람의 것이라고 보이는 그것은 사실
홀로 따로따로 있어야만 비로소 충분히 전개되어
마침내 완성될 수 있는 것이기에

사랑이 오직 자기 감정 속에 들어 있는 사람은
사랑이 자기를 연마하는 일과가 되네
서로에게 부담스런 짐이 되지 않으며
그 거리에서 끊임없이 자유로울 수 있는 것
사랑에 빠질수록 혼자가 되어라
두 사람이 겪으려 하지 말고
오로지 혼자가 되어라

금잔디

김소월

잔디
잔디
금잔디

심심산천에 붙는 불은
가신 임 무덤가에 금잔디

봄이 왔네 봄빛이 왔네
버드나무 끝에도 실가지에
봄빛이 왔네 봄날이 왔네

심심산천에도 금잔디에

아름다운 사람을 만나고 싶다

헨리 워즈워스 롱펠로

아름다운 사람을 만나고 싶다
항상 푸른 잎새로 살아가는 사람을 만나고 싶다
언제 보아도 언제나 바람으로 스쳐 만나도
마음이 따뜻한 사람 밤하늘의 별같은 사람을 만나고 싶다

온갖 유혹과 폭력 앞에서도 흔들림 없이
언제나 제 갈 길을 묵묵히 걸어가는 의연한 사람을 만나고 싶다

언제나 마음을 하늘로 열고 사는 아름다운 사람을 만나고 싶다
오늘 거친 삶의 벌판에서 언제나 청순한 사람으로 사는
사슴 같은 사람을 만나고 싶다

모든 삶의 굴레 속에서도 비굴하지 않고
언제나 화해와 평화스런 얼굴로 살아가는
그런 세상의 사람을 만나고 싶다

아름다운 사람을 만나고 싶다
마음이 아름다운 사람의 마음에 들어가서
나도 그런 아름다운 마음으로 살고 싶다

아침 햇살에 투명한 이슬로 반짝이는 사람
바라보면 바라볼수록 온화한 미소로
마음이 편안한 사람을 만나고 싶다

결코 화려하지도 투박하지도 않으면서
소박한 삶의 모습으로 오늘 제 삶의 갈 길을 묵묵히 가는

그런 사람의 아름다운 마음 하나 고이 간직하고 싶다

작별의 꽃

라이너 마리아 릴케

어디선가 작별의 꽃이 피어나 우리들 위에
끊임없이 꽃가루를 뿌리고, 우리는 그 꽃가루를 숨 쉰다
가장 가까이 부는 바람결에도 작별을 호흡하는 우리

사랑이란 존재하는 모든 것

에밀리 디킨슨

사랑이란 이 세상의 모든 것
우리가 세상에 대해 알고 있는 모든 것
이거면 충분하지,
하지만 그 사랑을 우린
자기 그릇만큼밖에 담지 못하지

대가 없는 사랑

에리히 프롬

많이 가진 사람이 부자가 아니라
많이 주는 사람이 부자다

진정한 사랑은 받기만 하는 것도
주기만 하는 것도 아니며

자기 자신과 타인, 가족, 세상
모두를 사랑할 수 있을 때

비로소 가능한 것이다

인생

라이너 마리아 릴케

인생을 꼭 이해할 필요는 없다
인생은 축제와 같은 것
하루하루 일어나는 그대로 맞이하라
길을 걷는 아이가 바람이 불 때마다
꽃잎의 선물을 받아들이듯

아이는 꽃잎을 모아 간직하는 일에는
관심이 없다
머리카락에 행복하게 머문 꽃잎들을
가볍게 떼어내고
아름다운 젊은 시절을 맞이하며
새로운 꽃잎으로 손을 내밀 뿐

첫사랑

요한 볼프강 폰 괴테

아 누가 돌려주랴 그 아름다운 날
그 첫사랑의 날을
아 누가 돌려주랴 그 아름다운 시절의
그 사랑스러운 때를

쓸쓸히 나는 이 상처를 키우며
끊임없이 되살아나는 슬픔에
잃어버린 행복을 슬퍼하고 있으니
아 누가 돌려주랴 그 아름다운 나날
첫사랑 그 즐거운 때를

호수

정지용

얼굴 하나야
손바닥 둘로
폭 가리지만

보고픈 마음
호수만 하니
눈 감을밖에

사랑하는 여인

폴 엘뤼아르

그녀는 내 눈꺼풀 위에 있고
그녀의 머리칼은 내 머리칼 속에
그녀는 내 손과 같은 형태
그녀는 내 눈과 같은 빛깔
하늘 위로 사라진 조약돌처럼
그녀는 내 그림자 속에 잠겨 사라진다

그녀는 언제나 눈을 뜨고 있어
나를 잠 못 이루게 한다
그녀의 꿈은 눈부신 빛으로 싸여
태양을 증발시키고
나를 울고 웃게 하고
할 말이 없어도 말하게 한다

당신을 사랑했습니다

알렉산드르 푸시킨

나는 당신을 사랑했습니다
그 사랑은 마음 깊은 곳에서 영원히 불타고 있습니다
한동안 그 감정은 나를 힘들게 하겠지만
더 이상은 괴롭히지 않을 것이며
앞으론 당신이 그 어떤 고통도 받지 않길 바랍니다

나는 당신을 사랑했습니다
내가 아는 절망감, 질투, 수줍음
이제 모두 헛된 것이지만
주님께서는 온화하고 진실된 사랑으로
다시 당신을 사랑으로 감싸 주실 것입니다

옳고 그름의 생각 너머

잘랄루딘 루미

옳고 그름의 생각 너머에 들판이 있다
그곳에서 당신과 만나고 싶다

영혼이 그 풀밭에 누우면
세상은 더없이 충만해 말이 필요 없고
생각, 언어, 심지어 '서로'라는 단어조차
그저 무의할 뿐

사랑은

오스카 해머스타인

종은 누가 그걸 울리기 전에는
종이 아니다

노래는 누가 그걸 부르기 전에는
노래가 아니다

당신의 마음속에 있는 사랑도
한쪽으로 치워 놓아선 안 된다

사랑은 주기 전에는
사랑이 아니니까

그대와 함께 있을 때

세리 카스텔로

나는 그대와 함께 할 때의 내 모습이 좋아요
그것이 진정한 모습이라는 생각이 들어요

그대 사랑의 햇빛에 싸여서
한층 더 성숙해지고
한층 더 아름다워지는
나의 모습을
나의 모든 시간을

그대와 함께 할 수는 없지만

그대와 함께 있을 때
나는 어느 누구와도
마음을 열고 만날 수 있는
크고 따뜻한 모습이 되는 걸 느껴요

밤의 정감

헤르만 헤세

내 마음을 밝게 비추는
푸른 밤의 힘으로
험한 구름 사이를 깊숙이 뚫고
달과 별 하늘이 나타난다

영혼이 그 동굴에서
휘젓겨 활활 타오른다
창백한 별 향기 속에서
밤이 하프를 연주하기 때문에

그 소리가 들리고 나서부터는
근심이 사라지고 고뇌도 작아진다
비록 내일은 죽어 없을지라도
오늘은 이렇게 나는 살아 있다

이 순간의 행복

프랑수아 를로르

진정한 행복은
먼 훗날 달성해야 할 목표가 아니라
지금 이 순간 존재하는 것입니다

지금 이 순간
당신이 행복하기로 선택한다면
당신은 얼마든지 행복할 수 있습니다

그런데 안타까운 것은
대부분의 사람들이
행복을 목표로 삼으면서

지금 이 순간 행복해야 한다는
사실을 잊는다는 겁니다

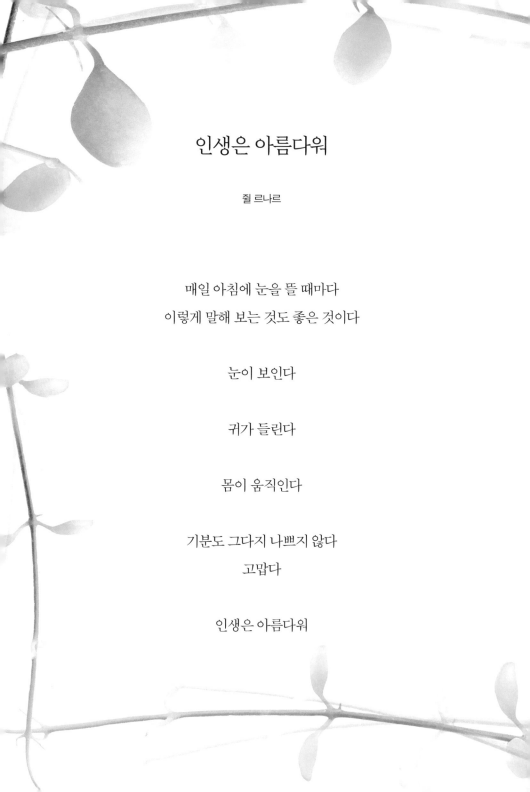

인생은 아름다워

쥘 르나르

매일 아침에 눈을 뜰 때마다
이렇게 말해 보는 것도 좋은 것이다

눈이 보인다

귀가 들린다

몸이 움직인다

기분도 그다지 나쁘지 않다
고맙다

인생은 아름다워

그대 눈 속에

막스 다우텐다이

그대 눈 속에
나를 쉬게 해주세요
그대 눈은 세상에서
가장 고요한 곳

그대의 검은 눈동자 속에
살고 싶어요
그대의 눈동자는
아늑한 밤과 같은 평온
지상의 어두운 지평선을 떠나
단지 한 발자국이면
하늘로 올라갈 수 있나니

아, 그대의 눈 속에서
내 인생은
끝이 날 것을

사랑

김소월

봄 물보다 깊으니라
가을 산보다 높으니라
달보다 빛나리다
돌보다 굳으리라
사랑을 묻는 이 있거든
이대로만 말하리

진정으로 사랑한다는 것은

프리드리히 실러

진정
사랑한다는 것은

이별을
눈물로써 대신하는 것이
절대로 아닙니다

곁에 있던 사람이
먼 길을 떠나는 순간

사랑의 가능성이
모두 사라져 간다 할지라도
그대 가슴속에 남겨진 그 사랑을 간직하면서
사랑하는 마음을 버리지 않는 것이

진정으로
사랑하는 것입니다

오늘을 사랑하라

토머스 칼라일

어제는 이미 과거 속에 묻혀 있고
미래는 아직 오지 않은 날이라네
우리가 살고 있는 날은 바로 오늘
우리가 사용할 수 있는 날은 오늘

우리가 소유할 수 있는 날은 오늘뿐
오늘을 사랑하라
오늘에 정성을 쏟아라
오늘 만나는 사람을 따뜻하게 대하라

오늘은 영혼 속의 오늘
오늘처럼 중요한 날도 없다
오늘처럼 소중한 시간도 없다

오늘을 사랑하라

가장 아름다운 것

엘리자베스 브라우닝

한 해의 모든 숨결과 꽃은 한 마리 벌의 주머니에 들어 있고
광산의 모든 경이와 풍요는 한 알 보석의 심장에 담겨 있고
바다의 모든 그늘과 빛은 한 알의 진주 속에 들어 있다
숨결과 꽃, 그늘과 빛, 경이와 재물
그리고 그것들보다 더 높은 곳에 있는
보석보다 더 밝은 진실
진주보다 더 밝은 믿음
우주에서 가장 빛나는 진실, 가장 순결한 믿음
나에겐 그것들이

모두 한 소녀의 입맞춤에 들어 있었다

어딘가에

헤르만 헤세

무거운 짐에 허덕이며
뜨거운 삶의 푸서리를 헤매지만
잊어버린 어딘가에
서늘하게 그늘진 꽃핀 정원이 있다

꿈속의 먼 어딘가에
나를 기다리는 안식처가 있다
내 영혼의 고향,
졸음과 밤과 별이 기다리는

수양버들 공원에 내려가

윌리엄 예이츠

수양버들 공원에 내려가 내 사랑과 나는 만났습니다
그녀는 눈처럼 흰 귀여운 발로 버들 공원을 지나갔습니다
나뭇잎 자라듯 쉽게 사랑하라고 그녀는 내게 말했지만
나는 젊고 어리석어 곧이듣지 않았습니다

들녘 강가에서 내 사랑과 나는 서 있었고
내 기운 어깨 위에 그녀는 눈처럼 흰 손을 얹었습니다
둑 위에 풀 자라듯 쉽게 살라고 그녀는 내게 말했지만
나는 젊고 어리석어 이제야 온통 눈물로 가득합니다

그대가 나의 사랑이 되어 준다면

알퐁스 도데

그대가 나의 사랑이

되어 준다면

내 인생을 모두 걸고서라도

그대와 함께

이 길을 가겠습니다

연인 곁에서

요한 볼프강 폰 괴테

태양이 바다에 미광을 비추면
나는 너를 생각한다
희미한 달빛이 샘물 위에 떠 있으면
나는 너를 생각한다

먼 길에 먼지가 일 때
깊은 밤 좁은 다리 위에서 방랑객이 비틀거릴 때
나는 너를 본다

희미한 소리의 파도가 일 때
이따금 모든 것이 침묵에 쌓인
조용한 숲속에 가서
나는 너를 듣는다

너와 멀리 있을 때에도 나는 너와 함께 있다
너는 나와 가까이 있기에
태양이 지고 별이 곧 나를 위해 반짝이겠지

아 네가 이곳에 있다면

행복해진다는 것

헤르만 헤세

인생에 주어진 의무는
다른 아무 것도 없다네
그저 행복하라는 한 가지 의무뿐
우리는 행복하기 위해 세상에 왔지

그런데도 그 온갖 도덕
온갖 계명을 갖고서도
사람들은 그다지 행복하지 못하다네
그것은 사람들 스스로
행복을 만들지 않는 까닭
인간은 선을 행하는 한
누구나 행복에 이르지

스스로 행복하고
마음속에 조화를 찾는 한
그러니까 사랑을 하는 한
사랑은 유일한 가르침
세상이 우리에게 물려준 단 하나의 교훈이지

예수도
부처도
공자도 그렇게 가르쳤다네
모든 인간에게
세상에서 한 가지 중요한 것은
그의 가장 깊은 곳
그의 영혼
그의 사랑하는 능력이라네

보리죽을 떠먹든 맛있는 빵을 먹든
누더기를 걸치든 보석을 휘감든
사랑하는 능력이 살아 있는 한
세상은 순수한 영혼의 화음을 울렸고
언제나 좋은 세상
옳은 세상이었다네

초혼

김소월

산산이 부서진 이름이여
허공 중에 헤어진 이름이여
불러도 주인 없는 이름이여
부르다가 내가 죽을 이름이여

심중에 남아 있는 말 한마디는
끝끝내 마저 하지 못하였구나
사랑하던 그 사람이여
사랑하던 그 사람이여

붉은 해는 서산마루에 걸리었다
사슴의 무리도 슬피운다
떨어져 나가 앉은 산 위에서
나는 그대의 이름을 부르노라

설움에 겹도록 부르노라
설움에 겹도록 부르노라
부르는 소리에 비껴가지만
하늘과 땅 사이가 너무 넓구나

선 채로 이 자리에 돌이 되어도
부르다가 내가 죽을 이름이여
사랑하던 그 사람이여
사랑하던 그 사람이여

삶이 그대를 속일지라도

알렉산드르 푸시킨

삶이 그대를 속일지라도
슬퍼하거나 노여워하지 말라
서러운 날도 참고 견디면
즐거운 날이 오고야 말리니 왜 슬퍼하는가

마음은 미래에 살고
현재는 언제나 슬픈 것
모든 것은 순식간에 지나가고
지나간 것은 훗날 소중하게 여겨지리라

열린 길의 노래

월트 휘트먼

두 발로 마음 가벼이
나는 열린 길로 나선다
건강하고 자유롭게, 세상을 앞에 두니
어딜 가든 긴 갈색 길이 내 앞에 뻗어 있다
더 이상 행운을 찾지 않으리
내 자신이 행운이므로

더 이상 우는 소리를 내지 않고,
미루지 않고, 요구하지 않고
방 안의 불평도, 도서관도,
시비조의 비평도 집어치우런다
기운차고 만족스레 나는 열린 길로 여행한다

대지, 그것이면 족하다
별자리가 더 가까울 필요도 없다

다들 제자리에 잘 있으리라
원하는 사람들에게 소용되면 그뿐 아니랴

(하지만 난 옛 짐을 마다하지 않는다
난 그들을 지고 간다, 남자와 여자를, 그들을 어딜 가든 지고 간다
그 짐들을 벗어 버릴 수는 없으리
나는 그들로 채워져 있기에
그리고 나도 그들을 채우기에)

그대가 있기에

피터 맥윌리엄스

그대가 있기에
나는 감격했고
그대가 먼저 행동을 취했기에
나는 놀랐고
그대가 먼저 나에게로 다가왔기에
나는 아찔했고
그대가 내 곁에 있기에
나는 행복했고

함께 있으면
우리는 하나
따로 있으면
우리는 저마다
완전한 존재

이것이 우리의 꿈이게 하고
이것이 우리의 목표가 되게 하라

그대 늙으면

월리엄 예이츠

그대 늙어서 머리 희어지고 잠이 많아져
난롯가에 앉아 졸리면, 이 책을 꺼내어
천천히 읽으시오, 그리고 꿈꾸시오
옛날 그대의 눈이 지녔던 부드러움과
그 깊은 음영을

그대의 기쁜 그 우아한 순간들을, 그대의 아름다움을
얼마나 많은 사람이 진정이든 거짓이든 사랑했던가
하지만 오직 한 사람만은 그대의 방황하는 영혼을 사랑했고,
그 변해 가는 얼굴의 슬픔을 사랑했다오

그리고 난롯불에 붉게 빛나는 방책 옆에서 몸을 굽히고
탄식하시오, 조금 슬프게,
사랑이 달아나 저 산을 걷다가
그 얼굴을 별 무리 속에 감추었다고

선물

기욤 아폴리네르

당신이 원하신다면
나의 아침, 그 명랑한 아침을
당신께 드리겠어요

또한 당신이 좋아하는
나의 푸르스름하게 반짝이는 눈동자도
드리겠어요

당신이 원하신다면
햇살 따사로이 비추는 곳에서
아침 눈뜰 때 들려오는 모든 소리와
그 근처 분수대에서 흘러내리는
감미로운 물소리까지 당신께 드리겠어요

이윽고 찾아 든 저녁노을과

내 쓸쓸한 마음으로 얼룩진 저녁

또한 내 조그만 손과

그리고 당신의 마음 가까이에 놓아두어야 할

나의 마음을

기꺼이 당신께 드리겠어요

만약 내가

에밀리 디킨슨

만약 내가 한 사람의 아픈 마음을 달랠 수 있다면
나 헛되이 사는 것 아니리

한 생명의 아픔 덜어 줄 수 있거나
괴로움 하나 달래 줄 수 있다면

가여운 울새 한 마리 둥지에
다시 넣어 줄 수 있다면

나 헛되이 사는 것 아니리

누구를 위하여 종은 울리나

존 던

인간은 자기 혼자만의 섬이 아니다
사람 각자는 전체의 일부로
대륙의 한 조각이라 할 수 있다

만일 흙덩이가 바닷물에 씻겨 내려가면
유럽의 땅은 그만큼 줄어들며
해안으로 뻗어 나온 땅도
그러할 것이고
그대와 그대 친구의 영지가 씻겨 내려가도
다르지 않을 것이다

어떤 사람의 죽음도 나에게는 손실이다
난 인류의 한 부분이기 때문에
따라서 누구를 위하여 조종이 울리는지
알아보러 사람을 보내지 마라

종은 그대를 위하여 울리므로

길

윤동주

잃어버렸습니다

무얼 어디다 잃었는지 몰라

두 손이 주머니를 더듬어

길에 나아갑니다

돌과 돌과 돌이 끝없이 연달아

길은 돌담을 끼고 갑니다

담은 쇠문을 굳게 닫아

길 위에 긴 그림자를 드리우고

길은 아침에서 저녁으로

저녁에서 아침으로 통했습니다

돌담을 더듬어 눈물짓다

쳐다보면 하늘은 부끄럽게 푸릅니다

풀 한 포기 없는 이 길을 걷는 것은

담 저쪽에 내가 남아 있는 까닭이고

내가 사는 것은 다만

잃은 것을 찾는 까닭입니다

조용한 숲속에

프랑시스 잠

조용한 숲속에 흘러가는 시냇물을 가르는,
검(劍) 같은 나뭇잎들 위에
평화가 있다 시냇물은 꿈속에서인 양
이끼들의 금빛 끝에 내려앉는
해맑간 하늘의 푸름을 반사하고

검은 참나무 밑에 나는 앉았다 그리고
생각을 버렸다 지빠귀 새가 나무 높이
내려앉았다 그 밖에는
조용할 뿐 그 고요 속에서
삶은 장려하고, 정답고, 엄숙했다

내 개 두 마리가 날고 있는 파리를
삼키려고 노려보고 있는 동안
나는 내 괴로움을 대단찮게 생각하게
되었고, 체념이 내 영혼을
슬프게 가라앉히는 것이었다

진정한 여행

나짐 히크메트

가장 훌륭한 시는 아직 쓰이지 않았다
가장 아름다운 노래는 아직 불려지지 않았다
최고의 날들은 아직 살지 않은 날들
가장 넓은 바다는 아직 항해되지 않았고
가장 먼 여행은 아직 끝나지 않았다
불멸의 춤은 아직 추어지지 않았다
가장 빛나는 별은 아직 발견되지 않은 별
무엇을 해야 할지 더 이상 알 수 없을 때
그때 비로소 진정한 무엇인가를 할 수 있다
어느 길로 가야 할지 더 이상 알 수 없을 때
그때가 비로소 진정한 여행의 시작이다

꽃이 먼저 알아

한용운

옛집을 떠나서 다른 시골의 봄을 만났습니다
꿈은 이따금 봄바람을 따라서 아득한 옛터에 이릅니다
지팡이는 푸르고 푸른 풀빛에 묻혀서, 그림자와 서로 다릅니다

길가에서 이름도 모르는 꽃을 보고서
행여 근심을 잊을까 하고 앉아 보았습니다
꽃송이에는 아침이슬이 아직 마르지 아니한가 하였더니
아아, 나의 눈물이 떨어진 줄이야 꽃이 먼저 알았습니다

삶은 섬이다

칼릴 지브란

삶은 고독의 대양 위에 떠 있는 섬
믿음은 바위가 되고, 꿈은 나무로 자라는
고독 속에 꽃이 피고, 목마른 냇물이 흐르고

오! 사람들아, 삶은 섬이다
뭍으로부터 멀어져 있고
다른 모든 섬들과도 떨어져 있는 섬이다

그대의 기슭을 떠나는 배가 아무리 많다 하여도
그대 해안에 기항하는 배들이 그렇게 많다 하여도
그대는 단지 외로운 섬 하나로 남아 있나니

고독의 운명 속에 헤매이면서
오, 누가 그대를 알 것인가
그대와 마음을 나눌 사람
그대를 이해해 줄 사람
과연 누가 있겠는가

먼 후일

김소월

먼 훗날 당신이 찾으시면
그때에 내 말이 잊었노라

당신이 속으로 나무라시면
무척 그리다가 잊었노라

그래도 당신이 나무라시면
믿기지 않아서 잊었노라

오늘도 어제도 아니 잊고
먼 훗날 그때에 잊었노라

인생의 계절

존 키츠

한 해가 네 계절로 채워져 있듯

인생에도 네 계절이 있나니

원기 왕성한 사람의 봄은 그의 마음이

모든 것을 분명 아름답게 받아들이는 때이며

그의 여름엔 화사하며

봄의 달콤하고 발랄한 생각을 사랑하여

되새김질하는 때이니, 그의 꿈이 하늘까지

높이 날아오르는 부푼 꿈을 꾸네

그의 영혼에 가을 오나니

그는 꿈의 날개를 접고

올바른 것들을 놓친 잘못과 태만을

울타리 밖 실개천을 무심히 쳐다보듯

방관하여 체념하는 때로다

그에게 겨울 또한 오리니 창백하게 일그러진 모습으로,

그렇지 않으면 죽음의 길을 먼저 가 있을 것이니

그리고 미소를

폴 엘뤼아르

밤은 결코 완전한 것이 아니다
슬픔의 끝에는 언제나
열려 있는 창이 있고
언제나 꿈은 깨어나며
욕망은 충족되고 굶주림은 채워진다
관대한 마음과
열려 있는 손이 있고
주의 깊은 눈이 있고
함께 나누어야 할 삶이 있다

이별

바이런

사랑스런 소녀여 그 입맞춤
지금보다 더 행복한 때가 올 때까지
나 고이 간직하여
그때에야 그대의 입술로 돌려줄게요

헤어질 때 그대 반짝이던 눈빛은
다른 사랑하는 사람을 향하고
그대 눈망울에 고인 눈물을 보니
내 마음 더욱 변할 수 없네요

맹세코 나는 그대가
날 행복하게 해 주길 바라지 않고
오직 그대만이 나의 전부인 것을
나는 추억조차 바라지 않아요
이젠 글을 쓸 수도 없어요

나의 사랑을 쓰기엔 붓도 심신도 지쳐 있어요
아! 이 심정 무엇이라 말하겠어요
이미 말하기조차 괴로운 것을

밤낮없이 환희와 비탄 속에서
이러지도 저러지도 못하는 마음으로
드러내 보일 수 없는 사랑만이 가슴을 에이고

그대 때문에 말없이 가슴을 앓아요

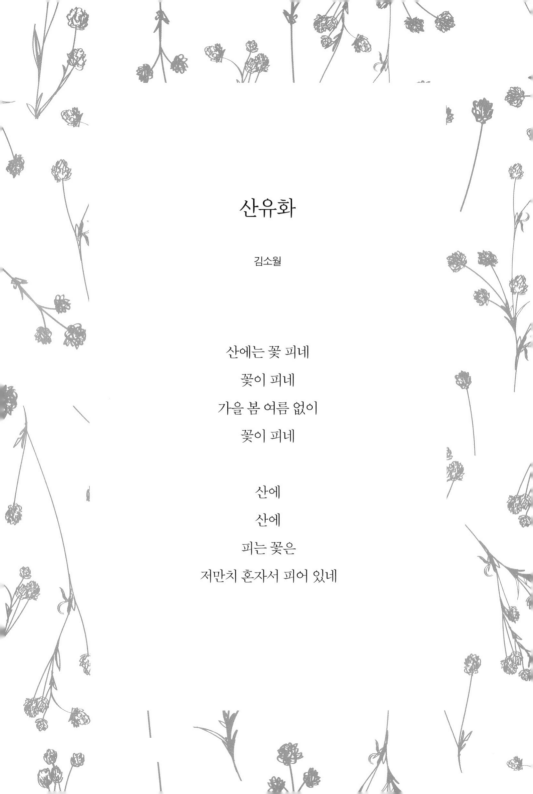

산유화

김소월

산에는 꽃 피네
꽃이 피네
가을 봄 여름 없이
꽃이 피네

산에
산에
피는 꽃은
저만치 혼자서 피어 있네

산에는 우는 작은 새여
꽃이 좋아
산에서
사노라네

산에는 꽃 지네
꽃이 지네
가을 봄 여름 없이
꽃이 지네

꽃핀 가지

헤르만 헤세

쉬임 없이
바람결에 꽃핀 가지가 흔들린다

쉬임 없이
아이들처럼 나의 마음이 흔들린다

갠 날과 흐린 날 사이를
굳은 지향과 단념 사이를

꽃잎이 모두 날려가고
열매 속에 가지가 늘어질 때까지

어린아이다움에 지쳐 버리고
마음이 차분히 가라앉아서

인생의 들떴던 유희도
즐거웠고 헛되지 않았다고

말할 때까지

다정히도 불어오는

김영랑

다정히도 불어오는 바람이길래
내 숨결 가볍게 실어 보냈지
하늘가를 스치고 휘도는 바람
어이면 한숨을 몰아다 주오

시간은

헨리 반 다이크

기다리는 이들에겐 너무 느리고
걱정하는 이들에겐 너무 빠르고
슬퍼하는 이들에겐 너무나 길고
기뻐하는 이들에겐 너무 짧다네
하지만 사랑하는 이들에겐 그렇지 않지

수많은 기적을 일으키는

라이너 마리아 릴케

수많은 기적을 일으키는
봄을 너에게 보이리라
봄은 숲에서 사는 것
도시에는 오지 않는다

쌀쌀한 도시에서
손을 잡고서
나란히 둘이 걷는 사람들만이
언젠가 봄을 볼 수 있게 되리라

이 책의 본문에는 '을유1945' 서체를 사용했습니다.

하루 한 편
명시 필사

초판 발행   2025년 4월 25일

지은이   유태진
펴낸곳   다른상상
등록번호   제399-2018-000014호
전화   02)3661-5964
팩스   02)6008-5964
전자우편   darunsangsang@naver.com
ISBN   979-11-93808-30-6 (03800)

독자 여러분의 책에 관한 아이디어나 원고 투고를 설레는 마음으로 기다리고 있습니다.
이메일로 간단한 개요와 취지, 연락처를 보내주세요. 독자님과 함께하겠습니다.